KB113731

어디로
모실까요
?

지금 대한민국을 살릴 리더십은

지금 대한민국을 살릴 리더십은, 민생 현장 리더십입니다. 서민의 형편을 아는 지도자만이 일자리가 없어 절망하는 이들, 결혼과 출산을 거부하는 젊은이들, 이혼하는 가족들, 자살하는 노인들에게 희망을 줄 수 있습니다. 언제 어디서 부르시든 119 구급대원처럼 현장으로 달려갈 수 있는 지도자만이 민생을 해결할 수 있습니다. 또한 통합의 리더십도 필요합니다. 대한민국의 새로운 기회를 만들기 위해서는 민주적이면서도 긍정적인 자세로 세대, 계층, 빈부, 노사, 지역으로 분열된 국민을 통합할 수 있어야 합니다. 모여야 힘이 됩니다. 열린 자세로 소통할 수 있어야 분열과 갈등을 극복할 수 있습니다.

대한민국은 통일이 되어 강대국으로 발전해야 합니다. 통일은 대한민국의 성장엔진입니다. 나는 대한민국을 선진국으로 만들고, 통일강국의 미래를 열 수 있는 나름의 비전을 갖고 있습니다. 국민과 함께, 국민을 위해 그 비전을 현실로 만들겠습니다. 함께 갑시다, 통일 대한민국!

2012년 6월, 김문수

나는 대한민국 119 구급대원입니다. 대한민국이 기로에 서 있습니다. 경제 성장 동력이 감퇴되고 소득 양극화와 비정규직 양산, 청년실업, 저출산, 고령화 등 점점 더 힘든 상황으로 빠져들고 있습니다. 북한은 도발로 긴장을 조성하기도 하고 때로는 대화 공세로 남남갈등을 부추기고 있습니다. 이념·지역·계층·세대 갈등으로 온나라가 몸살을 앓고 있습니다. 지금은 근본적으로 문제를 해결하고 대한민국의 역사를 새롭게 만들어 나가야 할 중대한 시점입니다. 오늘의 대한민국을 만들어낸 위대한 성공의 유산을 더욱 키우고 발전시켜야 합니다. 분열과 갈등을 극복하고 하나 된 국민의 힘으로 통일강국의 미래를 열어야 합니다. 대한민국의 새로운 기회를 만드는 일에 나를 바치고자 합니다.

나는 대한민국 119구급대원救急隊員입니다

다음 페이지─2010년 1월 7일, 성남 수진리 고개. 새벽 인력시장에서 추위를 견디며 서 있는 사람들의 입에서 새어나오는 하얀 입김은 기관차의 기적처럼 손을 높이 들고 일자리를 찾아 떠나갑니다. 그들의 활력이 대한민국을 이끌어 가는 기적을 만듭니다. 그들과 함께 가려고 합니다.

얼마 전 대구 동화사(桐華寺)에서 하룻밤을 묵었습니다. 새벽 세시에 스님이 목탁을 치며 경내를 도시는 소리에 잠이 깨어 법당에 들어가 조용히 나 자신을 돌아봤습니다. 가슴에 손을 가지런히 모으고, 몸을 낮추고 머리를 숙이니, 나라는 사람이 작은 티끌에 불과하다는 생각이 들었습니다.

몸을 낮추어 깊은 내면의 자신을 돌아보면 마음이 깨끗해지고 겸손해집니다. 낮아질수록 진리에 다가간다는 생각이 듭니다.

국민을 위해 봉사하려는 사람이라면, 이렇게 자신을 낮추는 경험을 의도적으로라도 해야 한다고 생각합니다. 내가 낮아지면 내 앞에 있는 사람이 모두 소중하게 느껴지고 저절로 섬기고 싶은 마음이 생깁니다. 지도자가 제일 먼저 갖춰야 할 것은 이렇게 자신을 낮추는 자세라고 생각합니다.

"서로 마음을 같이하며 높은 데 마음을 두지 말고 도리어 낮은 데 처하며 스스로 지혜 있는 체하지 말라."

―「로마서」12장 16절

지도자^{指導者}는 어려운 이들을 섬기는 사람입니다

섬기는 마음을 가진 사람은 먼저 지도자가 되려고 하지 않습니다. 먼저 자신을 낮추고 진심으로 섬기고자 하는 마음이 있어야 다른 이들을 이끌 수 있습니다.

사람 위에 군림하려는 자와 사람을 섬기는 자는 다릅니다. 권력과 부에 대한 욕망을 가진 사람에게서는 섬기는 자세를 기대할 수 없습니다.

세계의 모든 위대한 종교는 자신을 낮추고 다른 이를 섬기는 것의 중요성을 이야기합니다. 존경받는 사상가들도 섬김의 가치를 이야기합니다. 서로를 사랑하고 돌보는 것이 우리가 지구상에 함께 존재하는 이유이기 때문입니다.

우리는 모두 연결되어 있습니다. 세상에 홀로 존재할 수 있는 개체는 없습니다. 그래서 다른 이를 섬기는 일은 곧 나를 돕는 일입니다. '나'의 개념을 확장하는 일이기도 합니다. 존재를 전체적으로 볼 필요가 있습니다. 이 세상에 나와 무관한 것은 아무것도 없습니다.

우리 어머니는 열여섯에 시집오셔서 열일곱부터 여덟 남매를 낳아 기르셨습니다. 형님 한 분은 어려서 죽고 일곱 남매가 남았는데, 봉제사(奉祭祀) 접빈객(接賓客)에 허리 펼 날 없으셨던 어머니의 무한한 헌신 덕분에 가난한 살림이나마 유지할 수 있었습니다.

자신을 주장하지 않으시고 온갖 궂은일을 도맡아 하시며 끝없는 사랑으로 가족을 돌보셨던 어머니를 생각하면, 나는 아무리 힘들어도 내 몸의 편안함을 찾을 수가 없습니다. 하루 한시도 쉴 수가 없습니다.

세상의 모든 어머니로부터 나는 사람을 살리고 세상을 구하는 힘이 무엇인지를 배웁니다.

다음 페이지—2009년 4월 4일, 성남 모란시장 오일장에 가 보았습니다. 민생을 알지 못하면 아무것도 해결할 수 없습니다. 그래서 나는 항상 현장에 있습니다.

지도자는 다양한 경험과 끊임없는 공부를 통해 만들어집니다

택시 운전을 하려면 교통법규, 지리, 손님 응대 등을 교육받고 시험을 봐야 합니다. 택시 운전도 이렇게 교육이 필요한데 최고 지도자의 자리는 말할 것도 없습니다. 지도자가 되려면 많은 공부와 훈련이 필요합니다.

『대학(大學)』은 사서(四書) 가운데 첫 번째 책입니다. 『대학』의 앞머리에 있는 '수신제가치국평천하(修身齊家治國平天下)' 의 문장은 자기 수양의 중요성을 말할 때 많이 인용되는 내용입니다. 예전에는 학문을 하는 목적이 지도자가 되기 위해서였습니다. 그래서 사서를 읽기 시작하자마자 큰 학문(대학)을 하는 이유와 함께, 지도자가 되기 위해서는 먼저 엄격한 자기 수양(修身)을 해야 함을 강조했던 겁니다. 조선시대까지는 과거를 보기 위해 사서삼경(四書三經)을 공부해야 했습니다. 일종의 '지도자학' 을 떼어야 지도자가 될 수 있었습니다.

그런 전통이 지금은 거의 실종되었습니다. 국가적으로 지도자를 길러내기 위한 시스템이 없습니다. 깊은 자기 성찰과 자기 수양 없이는 지도자가 될 수 없습니다.

민주화가 되면서 국민의 정치참여가 확대되었습니다. 그럴수록 국민을 올바른 방향으로 이끌어 줄 지도자의 역할이 중요합니다.

지금 중국이 급속하게 성장하고 있는 이유 중 하나는 인재양성시스템이 잘되어 있기 때문입니다. 준비되고 안정된 리더십은 국민에게 신뢰를 줍니다.

국가의 명운을 좌우하는 지도자는 하루아침에 나타나는 것이 아니라 수십 년 동안 다양한 경험과 학습을 거쳐 만들어집니다. 나라에서 장기적인 계획을 가지고 지도자를 길러내야 하고 부단한 검증 과정을 거쳐야 합니다.

내키는 대로 살다가 어느 날 갑자기 지도자가 될 수는 없습니다. 오랜 공부와 수양을 통해 국민을 이끌 수 있는 자질과 품성을 갖춰야 합니다. 치열하게 고민하면서 국가 비전을 준비해야 합니다.

"대학의 도는 밝은 덕을 밝히는 데 있으며, 백성과 친하게 함에 있으며, 지극히 선한 데 머무르게 하는 데 있다"

ㅡ남회근 지음, 설순남 옮김, 『남회근 선생의 알기 쉬운 대학강의』, 씨앗을 뿌리는 사람, 2004.

옆 페이지ㅡ낡은 구두를 가지런히 벗어놓고 들어간 사람의 마음이 느껴지시나요?

정신의 힘과 소명의식을 등불로 삼습니다

어떤 자리에 있느냐보다 중요한 것이 정신의 힘입니다. 돈, 학식, 학벌, 학위는 중요하지 않습니다.

2011년 봄 아내, 딸과 함께 고 이태석 신부님의 일대기를 그린 영화 〈울지마, 톤즈〉를 보러 갔습니다. 영화가 끝난 지 한참이 지났는데도 우리 가족을 비롯하여 눈시울이 붉어진 사람들이 자리에서 일어나질 못했습니다.

이태석 신부님은 지구 반대편 아프리카 수단에서 전쟁과 가난, 병으로 고통받는 사람들과 함께했습니다. 나와 다른 이를 구분하지 않고 세상의 고통을 줄이기 위해 헌신하는 삶은 아름답습니다.

'가난한 이들의 어머니', 마더 테레사 수녀님은 열여덟 살에 수녀가 된 뒤, 인도 캘커타의 가톨릭계 학교에서 지리학을 가르치며 캘커타 빈민촌의 참상을 보게 됩니다. 빈민들의 비참한 삶을 안타까워하던 중 피정을 받으러

가던 기차 안에서 하느님의 부르심을 받았다고 합니다. 모든 것을 버리고 하느님을 따라 가장 가난한 사람들 속으로 들어가야 한다는 것이었습니다. 서른여섯의 나이에 하느님으로부터 받은 소명을 그녀는 평생 변함없이 지켰습니다. '사랑의 선교수녀회'를 설립하여 빈민, 고아, 한센병자, 죽음을 기다리는 사람들을 위해 봉사했습니다.

지금 절망에 빠진 대한민국을 일으켜세우려는 지도자에게는 소명의식이 있어야 합니다. 어설픈 주장과 말뿐인 구호만으로는 안 됩니다.

나는 지금까지 살아오면서 많은 실패와 우여곡절을 겪었습니다. 그러나 변함없이 지켜 왔던 것은 내가 국가와 인류를 위해 작은 도움이라도 되겠다는, 일종의 소명의식이었습니다. 자유민주주의와 인간의 존엄성을 지키기 위해 내 일생을 바치겠다는 각오였습니다. 천명(天命)에는 인간의 지혜로는 알 수 없는 오묘한 움직임이 있습니다.

천명을 읽으려면 깨끗해야 합니다. 청렴해야 정확하게 판단할 수 있습니다. 그래서 지도자에게는 사리사욕이 없어야 합니다.

지도자는 큰 정세를 읽고 대한민국을 위해 나아가야 할 방향이 어딘지 잘

판단해야 합니다. 일종의 선견지명을 갖고 비전을 제시해야 합니다.

지금 우리에게는, 분열과 갈등을 극복하고 대한민국 제이의 기적을 이룰

수 있는 길이 무엇인지를 아는 지도자가 필요합니다.

민생(民生)과 통합(統合)이 지금 대한민국의 시대정신(時代精神)입니다

대한민국의 지난 육십사 년은 세계사의 기적입니다. 그러나 지금 일부 세력들이 대한민국의 정통성을 부정하고, 성공의 역사를 평가절하하여 우리 국민들은 가치의 혼란에 빠져 있습니다. 국가는 무엇이고 개인은 무엇이며, 우리는 무엇을 지향해 가고 있는지 사회적 합의가 이루어져 있지 않습니다. 국민의식에 영향을 미치는 지식인들이 오히려 부정적인 생각들을 확산시키고 있습니다. 생산적인 논의 없이 일단 부정하고 보는 지성은 위험합니다.

세계에서 자살률 1위, 이혼율 2위, 출산율 210위. 이것이 지금 대한민국의 현실입니다.

가정은 파괴되고, 평생을 성실하게 산 서민들은 불안한 노후에 절망하고, 젊은이들은 일자리가 없어 좌절하는, 이 답답한 민생문제를 누가 함께 아

21

파하면서 헤쳐 나아갈 수 있느냐를 봐야 합니다. 일자리, 노인, 여성, 영유아, 농민, 노동자 등 각 분야의 민생문제는 구석구석 현장을 파고들어 가 직접 경험을 해 봐야 알 수 있고, 풀 수 있습니다.

이제 분열된 국론을 통합하고 대한민국의 목표를 분명히 해야 할 때입니다. 민생을 해결하고 통일강국의 길로 가야 합니다. 통일이 되면 민생문제를 해결함과 동시에 우리나라가 역사적인 대도약의 기회를 갖게 됩니다.

식민지와 분단의 폐허를 딛고 산업화와 민주화에 동시에 성공한 대한민국 국민이라면 할 수 있습니다. 그렇게 국민을 이끌 수 있는 사람이 지금 시대에 필요한 지도자입니다.

누가 대한민국의 주인^{主人}인지 생각해 봅시다

국민이, 주권자가 대한민국의 주인이라는 생각을 안 하는 것이 제일 큰 문제입니다.

국회의원들도 자기 상임위원회와 소속 정당 걱정은 해도 대한민국을 걱정하고 미래를 책임지겠다는 사람은 찾아보기 힘듭니다.

나는 고3 때 데모를 하면서 내가 대한민국의 주인이라고 생각했습니다. 개교기념일에 이효상 국회의장이 학교에 오셨는데, 학생들에게 이렇게 말씀하셨습니다. "여러분이 대한민국의 기둥이다, 미래다. 여러분이 잘해야 한다." 물론 격려 차원의 말씀이었겠지만, 순진했던 나는 그 말씀을 진짜로 받아들였습니다.

'내가 주인이 되어야지. 대한민국을 잘되게 해야지' 하고 각오를 다졌습니다. 나라 걱정을 하며 헌책방에 가서 시대를 논하는 책들을 찾아봤습니다. 당시 지식인들이 보던 『사상계(思想界)』라는 잡지를 사서 친구들과 토론을 하기도 했습니다. 내가 무엇을 해야 하나를 진지하게 고민했습니다. 내 안에는 나라의 주인으로서의 씨앗, 애국심이 있다는 것을 그때 발견한 것 같습니다.

중국 불교 임제종(臨濟宗)의 개조 임제선사의 법문집인 『임제록(臨濟錄)』에는 "수처작주(隨處作主) 입처개진(立處皆眞)"이라는 말씀이 있습니다. "머무는 곳마다 주인이 되라. 지금 있는 그곳이 진리의 자리이다"라는 뜻입니다. 어디서든 당당하게 주인 노릇을 하라는 겁니다.

세찬 파도가 몰려올 때 거기에 함몰되어 허우적거리면 죽습니다. 오히려 파도를 이용하여 앞으로 나아가야 합니다. 주인은 끌려가지 않습니다. 중심을 잡고 주체적으로 행동해야 합니다. 당당하게 주인의식을 갖고 대한민국의 새로운 역사를 만들어 가야 합니다.

누가 대한민국의 주인인지, 대한민국을 사랑하고 주인의식을 가지려면 어떻게 해야 하는지 함께 생각해 봅시다.

진심眞心을 다해 들어야
알 수 있습니다

사람들이 무엇을 필요로 하는지를 알아야 그 필요를 채워 줄 수 있습니다.

지도자는 자신이 섬기는 사람들이 무엇을 원하는지, 문제가 무엇인지 알아내기 위해 주의깊게 관찰하고, 질문하고, 경청해야 합니다. 물어보지 않으면 알 수 없습니다. 어려운 처지의 사람일수록 자기 이야기를 꺼내기가 쉽지 않습니다. 신뢰를 줘야 이야기를 들을 수 있습니다. 그리고 진심을 다해 들어야 상대방이 정말 하고 싶은 말이 무엇인지 알 수 있습니다.

내가 택시 운전을 하는 이유도 여기에 있습니다. 여느 택시 운전사처럼 편하게 말을 건네다 보면, 요즘 세상 돌아가는 이야기를 들을 수 있습니다. 이 지역에는 무슨 문제가 있는지, 사는 형편이 어떤지, 사람들이 관심을 갖는 뉴스가 무엇인지, 무엇에 화가 나 있는지, 민심이 어디에 있는지를 자연스럽게 알 수 있습니다.

손님 중에 나를 알아보는 사람은 10퍼센트도 안 됩니다. 손님이 차에 오르시면 "어서 오세요, 어디로 모실까요?"라고만 합니다. 저를 굳이 밝히지 않습니다. 택시를 몰 때는 택시 운전사 김문수일 뿐입니다.

그래도 가끔 내가 누군지 알아보시는 손님에게 따끔하게 혼이 날 때도 있습니다. 평소 도지사에게, 정치하는 사람에게 하고 싶었던 쓴소리를 하시는 겁니다. 그럼 혼나면서 배웁니다. 사람에게서 배우는 것이 최고로 좋습니다. 귀에 쏙쏙 박히고 잘 잊히지도 않습니다.

국민이 무엇을 원하는지, 내가 무엇을 해야 하는지, 경청해야 알 수 있습니다.

앞 페이지－하루 종일 후미진 골목 안 구멍가게를 지키는 노인은, 어떻게 이 구석진 곳에서도 우리의 안타까운 현실을 누구보다도 잘 알고 있을까요?

여성이 행복해야
선진국先進國입니다

얼마 전 딸이 첫 아이를 낳았습니다. 내가 노동운동을 할 때 일하는 엄마들을 위해 탁아소를 직접 설립해 운영해 본 적이 있는데, 그때 다른 집 아이들과 함께 탁아소에서 유아기를 보낸 딸입니다. 엄마 아빠가 둘 다 일하느라 많은 시간을 함께해 주지 못해 늘 미안함을 갖고 키웠는데, 어느새 성장해서 '엄마'가 되었습니다. 고맙고 기특합니다.

대한민국 출산율은 1.24명(2011년 추정)으로 OECD 국가 가운데 가장 낮은 수준입니다. 저출산 문제는 국가의 성장 동력을 약화시키는 가장 큰 요인입니다. 이대로 가면 언제 대한민국이 사라질지 알 수 없습니다. 학교에 가 보니 초등학교 6학년은 7개 반인데 1학년은 4개 반도 안 되는 경우도 있습니다. 저출산의 가장 큰 원인 중 하나는 부모들의 보육 부담입니다. 양가 부모님께 맡길 수 있으면 다행이고, 아니면 보육시설이나 이웃집 신세를 질 수밖에 없습니다. 아이를 집 밖에 맡기고 일터에 가는 부모의 심정은 늘 불안하고 미안합니다.

아이를 낳고 기르는 일을 전적으로 부모에게만 맡겨 놓는 것은 후진국에서 나 볼 수 있는 현상입니다. 부모는 안심할 수 있고, 아이는 행복하게 자랄 수 있는 보육 환경을 제공하는 것은 국가의 기본적인 책무입니다. 보육은 미래의 인적 자본에 대한 투자이기도 합니다.

무엇보다 부모의 보육 부담을 줄여 줘야 일과 가정을 양립할 수 있습니다. 우리 여성들의 경제활동 참가율은 2010년 기준 52.6퍼센트로, 계속 늘고 있습니다. 똑똑하고 유능한 여성들이 양육 문제 때문에 일을 그만두는 것 은 개인으로서나 국가적으로나 큰 손실입니다. 아이를 키우고 다시 직장에 돌아가기도 쉽지 않으니, 출산이 가족의 경사가 아니라 부담이 됩니다. 야간에 공장 식당에 가 보거나 택시 운전을 해 보면 아이 키우는 부모의 걱 정과 한숨이 끊이지 않습니다. 여성들이 아이를 낳아 키우면서도 일을 할 수 있어야 출산율이 높아질 겁니다. 아이들이 계속 태어나고 잘 자라야 나 라가 지속적으로 발전할 수 있습니다. 아이들이 대한민국의 미래라는 말 은 추상적인 구호가 아니라 절실한 현실입니다.

일·가정 양립을 위해서는 첫째, 집에서도 부담 없이 아이를 양육할 수 있 도록 양육비 지원을 늘려야 합니다. 둘째, 부모가 믿고 맡길 수 있는 좋은 보육 시설을 대폭 늘려야 합니다. 셋째, 보육 프로그램을 보다 다양하게 만들어 부모의 만족도를 높이고 필요에 맞게 선택할 수 있게 해야 합니다. 넷째, 보육교사들의 처우와 복지를 강화해서 직업에 대한 자긍심과 안정감을 높여야 합니다. 부모가 없는 시간에는 보육교사들이 부모의 역할을 하기 때문입니다.

복지 정책의 최우선 순위는 보육과 노후에 둬야 한다고 생각합니다. 과감하게 재정을 투입하고 복지 전달 체계를 개선해야 합니다. 지금 보육 업무는, 유치원은 교육부, 보육시설은 보건복지부 하는 식으로 이원화되어 있는데, 그렇게 나뉘어 있어서는 효율적으로 서비스를 할 수 없습니다. 나는 경기도지사로 부임한 후 전국 최초로 가정보육교사제를 도입하고 24시간 어린이집을 만들었습니다. 아이를 어디에 맡기는 것이 아니라 교사가 집으로 찾아가 아이를 돌봐 주는 것이 가정보육교사제입니다. 삼교대로 일하는 하이닉스의 여성 근로자들은 24시간 어린이집에 아이를 맡깁니다. 모두 실제 부모들의 필요에 맞춘 겁니다.

아이들 키우는 걱정은 나라가 먼저 해야 합니다. 여성이 가정에서도 직장에서도 행복해야 선진국입니다.

다음 페이지―한 아이가 자신있게 손을 듭니다. 꿈나무안심학교는 아이들의 안전한 쉼터이자 학습공간입니다.

젊은이들이 꿈을 펼칠 수 있어야 합니다

요즘 젊은이들을 보면 DNA가 달라졌다는 생각이 듭니다. 예전보다 훨씬 잘생겼고, 머리 좋고 재능이 뛰어난 젊은이들이 많습니다. 그런데 젊은이들이 꿈을 펼칠 곳이 없다고 합니다. 일자리가 없어서 절망에 빠진 젊은이들이 너무 많습니다.

2012년 6월 13일 통계청이 발표한 5월 고용동향을 보면 15-29세 청년의 실업률은 8.0퍼센트로 전체 실업률 3.1퍼센트의 2.6배 수준입니다. 청년 실업자는 34만여 명으로 전체 실업자의 42.4퍼센트에 이릅니다. 구직 단념자, 취업 준비생, 취업 무관심자까지 포함하면 110만 명에 달합니다.

젊은이들이 일하면서 행복을 찾을 수 있도록 기회를 만들어 줘야 합니다. 젊은이들의 꿈과 국가의 미래 경쟁력을 위해, 성장가능성과 고용창출력이 높은 산업을 육성해야 합니다. 내가 최고 지도자가 된다면 보건 · 의료 서비스업, 문화콘텐츠 산업, 관광 · 레저산업, 사회복지서비스업, 컨설팅 물

류 등 비즈니스 지원 서비스업, 금융업, 교육업 등 7대 성장 산업을 육성하여, 일자리의 빅뱅을 일으킬 겁니다. 우리 젊은이들이 글로벌 리더가 되는데 기여하고 싶습니다.

패기만만한 젊은이들이 마음 놓고 창업할 수 있도록 규제를 과감하게 철폐하고, 과거 제조업 수출산업을 지원했던 정도로 획기적인 지원을 할 겁니다. 해외 봉사, 해외 인턴 경험 등을 통해 견문을 쌓고 전 세계를 무대로 자신의 미래를 설계할 수 있도록 든든한 후원자가 되겠습니다.

지금 기성세대들은 젊은이들의 소통의 속도를 따라가지 못합니다. 디지털 세대와 아날로그 세대 간 갈등입니다. 세대간 갈등을 통합하는 것은 정치나 행정 모든 부분에서 가장 중요합니다. 나는 젊은이들과 끊임없이 소통하며 그들과 교감하고자 노력합니다.

세계 어디에 나가서도 주눅 들지 않는 그들의 당당함과 열린 사고에서 대한민국의 희망을 봅니다. 젊은 열정과 에너지를 모아 힘있고 창조적인 대한민국을 만들고 싶습니다.

경계를 뛰어넘는 문화예술文化藝術의 힘이 선진국을 만듭니다

우리 사회가 너무 험악해졌습니다. 학교나 거리에서, 인터넷 상에서 욕설과 폭력이 난무하고 있습니다. 술기운에 폭력을 휘두르는 사람이 많아지면서 '주폭(酒暴)'이라는 단어가 신문 사회면을 연일 채우고 있습니다. 절망과 자기분열을 견디지 못하고 비틀거리는 이들을 볼 때마다 마음이 무겁습니다. 지금 인터넷에 언어폭력이 범람하고 거리에 술주정뱅이가 늘고 있는 것은 인성이 메마르고 감성이 거칠어졌기 때문입니다. 빡빡해진 감성에 문화예술이라는 윤활유를 쳐 줘야 합니다.

문화예술은 사람의 인성을 정화시키고 상처를 치유하는 능력이 있습니다. 좋은 음악과 시, 아름다운 그림이 사람의 마음을 움직이고 긍정적인 변화로 이끌어 갑니다. 다양성을 아우르고 차이를 뛰어넘어 새로운 것을 만들어내는 초극의 힘, 융복합의 힘입니다. 나뉘고 갈라진 우리 국민을 하나로 합칠 수 있는 소프트 파워가 바로 문화예술입니다. 또한 우리 내부에 잠재

된 창조성을 끌어내기 때문에 모든 창의산업의 근본이 되기도 합니다.

예로부터 우리 민족은 예술적 기질이 뛰어났습니다. 선비라면 당연히 시서화(詩書畵)는 어느 정도 수준까지는 도달해야 했습니다. 비록 많이 남아 있진 않지만 신사임당(申師任堂), 허난설헌(許蘭雪軒) 등 여성 문인들의 그림과 시는 지금 시대에도 감동을 줍니다. 노래하고 춤추기 좋아하고, 정말 멋들어지게 잘해내는 민족입니다.

우리 젊은이들도 마찬가지입니다. 케이팝(K-Pop), 비보이 공연의 명성은 말할 것도 없고, 세계 삼대 콩쿠르의 하나인 차이코프스키 국제콩쿠르에서 지난해 다섯 명의 우리 음악인들이 입상을 하여 세계를 놀라게 했습니다. 역사가 오래되지 않았는데도 창작 뮤지컬이 세계에서 가장 많이 만들어지고 있는 곳이 바로 우리 대한민국입니다. 문학 잡지가 제일 많이 출판되고, 영화도 이제 스크린쿼터제가 의미가 없어졌을 만큼 작품성과 대중성을 갖춘 뛰어난 작품들이 많이 나오고 있습니다. 창의성과 예술 콘텐츠 면에서 우리나라는 문화강국이 될 자질이 충분합니다.

선진국이라면 새로운 문화를 창조하고 발신할 수 있는 능력이 있어야 합니다. 지금 유럽에서 폭발적인 인기를 끌고 있는 케이팝이 우리에게 그런 능력이 있음을 보여 줬습니다. 전 세계에 우리의 문화예술을 전파할 수 있어야 문화강국, 선진국입니다. 그러려면 정부의 문화예술 지원을 획기적으로 늘려야 합니다. 올해 정부 예산 중 문화체육관광부에 배정된 예산이 1.1퍼센트에 불과합니다. 대한민국의 문화경쟁력을 키우기에는 너무나 부족한 예산입니다. 문화예술에 대한 지원을 획기적으로 늘려서 창작에 전념하는 분들을 적극적으로 지원하고 사회 분위기도 정화시킬 필요가 있습니다. 전쟁의 폐허를 딛고 위대한 성공의 역사를 일구었던 것처럼 우리에게 잠재된 문화예술의 씨앗을 활짝 꽃피워야 할 것입니다.

다음 페이지—우리 젊은이들이 신명나게 꿈을 펼치는 무대에서는 에너지가 넘쳐납니다. 그 에너지가 대한민국을 이끌어 갑니다. 전 세계를 무대로 뛰는 역동적이고 창의적인 젊은이들을 응원합니다.

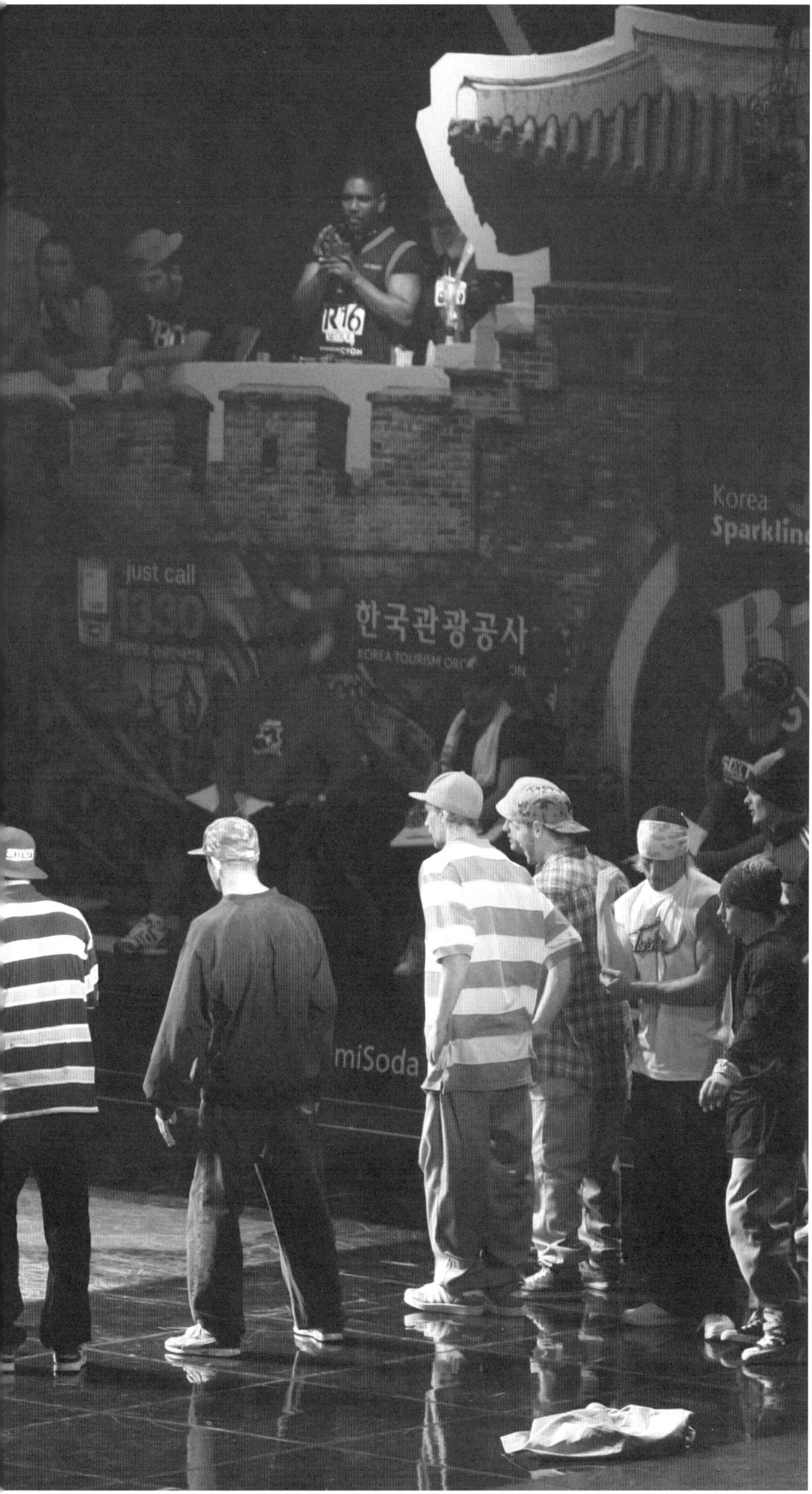
Korea
just call
한국관광공사
miSoda

나의 마지막 사명使命은
북한의 인권人權과
민주화民主化 실현입니다

얼마 전 우리나라 민주화의 성지인 광주를 방문했습니다. 감회가 새로웠습니다.

대한민국은 식민지와 분단, 참혹한 전쟁을 겪고도 가장 빠른 기간에 산업화에 성공했을 뿐 아니라 민주화에도 성공하여 전 세계 민주화에 모범이 되었습니다. 대한민국은 교감과 합의를 중시하는 민주사회가 되었습니다. 국민과 소통하지 않으면 리더십을 발휘할 수 없게 되었습니다. 우리나라의 민주화 과정과 성과는 한류의 핵심 부분이라고 생각합니다.

나는 고3 때 박정희 대통령의 삼선 개헌에 반대해 무기정학을 받았고, 대학 1학년 때에는 공정한 선거를 외치다 제적당했습니다. 1974년 민청학련 사건으로 다시 제적되어 대학을 이십사 년 만에 졸업했습니다. 광주 민주화 운동 과정은 서른의 노동운동가였던 내 가슴의 피를 끓게 했습니다. "5월 그날이 다시 오면 우리 가슴에 붉은 피 솟네!" 라는 노래를 무수히 부르면서 반드시 민주화가 이루어진다고 확신했습니다.

1987년 6월 항쟁과 직선제 개헌이 이루어진 역사적인 시기에 나는 감옥에 갇혀 있었습니다. 1986년 5 · 3 인천 직선제 개헌 투쟁으로 연행되어 1988년 올림픽이 끝나고 10월이 되어서야 자유의 몸이 될 수 있었습니다. 민주화 과정은 우리 국민에게 잊을 수 없는 기억이고, 역사적으로 소중한 자산입니다.

젊은 시절 자유와 인권, 민주주의를 위해 독재정권에 맞서 싸웠던 나에게는 마지막 남은 사명이 북한의 인권과 민주화 실현이라고 생각합니다. 헌법상 북한 주민도 우리 국민입니다. 처참한 북한 주민의 인권과 탈북자 문제에 관심과 노력을 기울여야 합니다. 그것이 민주화 운동의 성과를 이어받아 우리가 해야 할 일이라고 생각합니다.

통일統一은 대한민국을 대륙국가大陸國家로 만드는 길입니다

지금 한반도의 절반을 덮고 있는 어둠이 내 마음을 무겁게 합니다.

2500만 북한 주민들이 굶주림과 삼대세습의 압제로 고통받고 있습니다. 갓난아이들조차 먹을 것이 없어 죽어가고, 수십만 명이 정치범 수용소에 갇혀 있습니다. 백 리도 떨어지지 않은 지척에서 북한 동포들이 이렇게 신음하고 있는데 우리는 그 고통을 외면하고 있습니다. 젊은이들은 "통일을 꼭 해야 하느냐"고 묻고, 심지어 세금부담이 두려워 통일공포증이 확산되고 있다고 합니다.

얼마 전 독일에 가 보니 통일이 매우 성공적이었다는 것을 확인할 수 있었습니다. 독일도 통일 비용을 우려하는 사람들이 많았고, 실제 비용이 많이 든 건 사실입니다. 하지만 통일된 지금 독일은 강대국의 지위를 누리고 있습니다. 유럽연합(EU) 안에서도 지위가 올라가서 독일 수상의 한마디에 유럽 전체가 영향을 받고 있습니다.

통일이 되면 북한의 노동력과 천연자원, 그리고 우리의 선진기술과 자본이 결합하여 대한민국의 경쟁력은 크게 높아질 겁니다. 북한을 재건하는 과정에서 일자리도 많이 생길 겁니다. 한반도의 안보 리스크가 사라져 국제 신용 등급도 올라가게 됩니다. 통일은 동북아시아 번영의 길이기도 합니다. 우리에게 만주라는 이름으로 익숙한 랴오닝성, 헤이룽장성, 지린성 등 중국의 동북 3성과 러시아의 극동이 급속히 발전할 겁니다. 통일은 부담이 아니라 성장동력입니다.

내가 생각하는 통일론은, 한편으로는 힘의 우위를 기반으로 하는 강력한 국가 안보로 북한의 도발 책동을 억제하고, 다른 한편으로는 남북 교류를 확대하여 북한을 중국식 개혁개방으로 이끄는 겁니다.

남북관계 개선이라는 점에서 현 정부 정책은 실제 진전된 것이 없는 게 사실입니다. 통일에 대한 숙고가 부족하지 않았나 생각합니다. 그리고 통일 전문가를 장관으로 써야 하는데, 외교 전문가라든가 좀 다른 분야의 전문가를 쓰고 있습니다. 남북관계에 돌파구를 열 수 있는 기회를 만들었어야 하는데 그러지 못했습니다.

남북 교류를 확대하기 위해서는 개성공단을 황해도 전역으로 확대하고, 북한 주민들에 대한 인도적 지원은 항시 허용해야 합니다. 지금 우리나라에 정착한 탈북자 수가 2만3000명에 달합니다. 북한에 있는 가족 친지들과 은밀히 연락을 하고 있습니다. 이들의 입소문이 북한의 폐쇄적인 체제를 개선할 수 있습니다. 경기도는 탈북자 스물세 명을 공무원으로 채용했는데 자부심도 많고 일도 아주 잘합니다. 탈북자들의 공기업 채용을 확대하는 등 국내 정착을 적극적으로 지원해야 합니다.

이러한 남북 교류가 국민의 동의를 얻으려면 강력한 국가 안보가 뒷받침이 되어야 합니다. 한미동맹을 튼튼히 하면서 한중관계를 더욱 발전시켜야 합니다. 미군이 빠지면 비대칭이 너무 심해서 바로 위협이 됩니다. 핵, 미사일, 생화학무기, 기습전에서 비대칭이 현저합니다. 그렇다고 우리가 핵을 보유할 수도 없습니다. 자체 안보 역량을 갖추면서 강고한 한미동맹을 유지해야 합니다.

또한 중국과의 관계는 북한 인권과 동북아 안정에 매우 중요합니다. 그런데 현 정부는 대중관계에 충분히 신경을 쓰지 않은 것 같습니다. 중국 전문가를 더 양성하고 대중관계를 강화해야 합니다.

다양한 시나리오가 있을 수 있겠지만 전문가들이 착실하게 통일을 준비해야 합니다. 통일은 돈으로 계산할 수 있는 일이 아닙니다. 한반도의 새로운 미래를 만드는 길입니다. 중국과 미국, 일본, 러시아는 물론, 세계의 명운이 걸린 문제입니다. 이웃 4강과 협력하여 한반도 통일을 우리가 주도적으로 이루어내야 합니다.

우선 국민들이 통일에 대해 좀 더 관심을 가질 수 있도록 계기를 만들어야 합니다. 통일에 대한 보다 진지하고 높은 수준의 논의가 필요합니다.

다음 페이지—2009년 12월 16일, 경기도 연천군 신서면. 경기 북부지역 도로에서는 탱크와 장갑차 등 군용차량이 질주하는 모습을 흔히 볼 수 있습니다. 도로의 무법자 같지만, 사실은 우리의 평화를 지키는 전차입니다.

지역의 특성에 맞는 발전계획^{發展計劃}이 있어야 성공합니다

나는 행정수도를 이전하겠다는 노무현 전 대통령에 대해 심하게 반대했습니다. 선거 때 표를 얻기 위한 방법으로 대한민국의 수도를 이용하는 것은 옳지 않다고 생각했습니다. 이후에 일부만 옮기겠다고 하는 것에 대해서도 옳지 않다고 봤고, 지금도 수도 이전 자체에는 반대합니다.

그러나 세종시 특별법이 국회에서 통과가 되고, 올해 총리실과 국토해양부가 이전을 한다는데, 이제 반대를 하는 것은 맞지 않다고 생각합니다. 이미 세종시가 상당 부분 완성이 되어 출범을 했고, 건설도 상당히 진척이 됐습니다. 이제는 세종시가 원래의 취지를 넘어서 성공을 이룰 수 있도록 해야 한다고 생각합니다. 학교, 연구소, R&D 단지 등 명실상부한 중부권의 계획 신도시로 만들 수 있는 방안은 많다고 생각합니다. 울산이나 창원이 성공한 것은 지역의 특성에 맞는 발전 전략이 있었기 때문입니다. 세종시도 지역의 특성에 맞게 먼 미래를 보고 계획을 세울 필요가 있습니다.

과천의 경우에도 정부 부처가 많이 있다고 지역경제가 활성화되지는 않았습니다. 재산세를 1원도 거둘 수 없는 청사 건물들만 들어섰을 뿐입니다. 정부청사 앞 음식점, 술집들도 번성하지 않았습니다. 일터와 삶터가 분리되어 있다는 겁니다. 과천이 잘사는 것은 경마장이 있어서 세수가 한 해에 1000억이 들어오기 때문입니다.

행정 부처만으로 도시가 생성되기는 어렵습니다. 워싱턴 DC도 미국연방 정부가 있지만 재정자립이 되지 않습니다. 범죄도 많고, 재정을 중앙에서 지원하지 않으면 유지할 수가 없습니다.

세종시가 어떻게 재정자립을 이루고 자족적인 도시로 완성되느냐에 대해서는 앞으로 상당한 보완이 필요합니다. 지역의 특성을 잘 봐야 하고, 일과 생활, 교육, 휴식이 도시 내에서 가능하도록 해야 합니다.

나처럼 과거에 반대했던 사람들과 갈등했던 지역 주민들이 모두 힘을 합쳐서 세종시도 발전하고 국가 도시 계획에 모범을 만들 수 있는 길을 찾았으면 합니다.

다음 페이지—2006년 4월, 양평 산수유축제에서 도민들과 줄다리기를 했습니다. 함께 힘을 모아야 이길 수 있습니다. 이기면 얻는 것이 많습니다. 통합이란 바로 그런 것입니다. 차이를 인정하고 다양하게 분출하는 에너지를 하나로 모아 함께 갑시다.

올바른 자치自治가 국민을 행복하게 합니다

우리가 이룬 민주화의 가장 큰 성과 중 하나가 지방자치입니다. 5·16 군

사쿠데타로 지방의회가 해산된 후, 지방자치의 전면 실시는 대통령 직선제

와 더불어 1987년 6월 항쟁의 결과로 얻은 현행 헌법의 기본 골격을 이루

고 있습니다.

오늘날 전 세계가 지방자치를 통해 분권과 풀뿌리 민주주의를 실현하고 있

지만, 우리나라의 지방자치는 헌법상의 선언에 머물고 있습니다. 지방자

치가 발전해야 대한민국의 민주화가 완성되고, 대통령과 국민, 지방이 더

행복해집니다.

나는 인구 1250만의 대한민국 최대 지방자치단체인 경기도지사로 일하면

서, 우리나라에 지방선거는 있어도 진정한 지방자치는 없다는 것을 실감하

고 있습니다. 말만 지방 '자치' 단체일 뿐, 도시계획과 주택공급정책을 포

함하여, 경기도의 실정에 맞는 정책을 추진할 수 있는 권한이 거의 없습니

다. 여기에다 수도권에 가해지는 각종 중첩규제에 묶여 옴짝달싹 못하고 있는 실정입니다.

1990년 이후 역대 정부는 표면적으로 지방분권 정책을 추진하는 모습을 보였으나 뿌리 깊은 중앙집권적 법제와 관행을 뜯어고치는 데는 성공하지 못했습니다. 2002년 실시된 법령상 사무 총 조사에서 국가와 지방의 사무 비율이 73 대 27이던 것이 2009년 조사에서는 68.5퍼센트 대 28.3퍼센트(3.2퍼센트는 신설된 법정수임사무)로 큰 변화가 없는 것에서도 알 수 있습니다. 79.2퍼센트 대 20.8퍼센트인 국세와 지방세의 비율도 열악한 지방 분권화의 수준을 잘 보여 줍니다.

일본이 '지방분권일괄법' 을 통해 분권을 한 것처럼, 중앙정부가 모든 권한을 쥐고 있는 기존 위임사무제도를 폐지하여 자치사무로 만들어야 합니다. 또한 지방사업세 도입을 통해 자치재정권을 줘야 합니다. 중앙정부의 권한과 재원을 과감하게 지방으로 이양하여 지방정부가 스스로 기회를 잡을 수 있는 환경을 만들어 줘야 합니다.

지금과 같은 중앙집권 구조 속에서 자치단체들은 지역 개발도, 주민서비스 강화도, 자기 책임으로 할 수가 없습니다. 그러니 중앙정부와 지역 국회의원에게 매달릴 수밖에 없습니다. 오히려 인명구조와 같은 중요한 일에는 국가가 책임을 지고 있지 않습니다. 소방업무는 99퍼센트 도의 업무로 되어 있습니다. 아동 성폭행범이 활개를 치고 있는데, 학교 앞에 스쿨존을 표시하는 일은 시장·군수의 재량으로 해야 합니다.

지금까지 우리나라는 중앙정부와 국회가 모든 권력을 독점해서 제왕적 대통령을 만들고 국민과 대통령을 불행에 빠뜨렸습니다. 국민은 민주사회에서 당연히 받아야 할 권리인 '섬김'을 받지 못하고 당파적 정쟁의 볼모로 전락했습니다.

중앙과 지방이, 수도권과 지방이 상생 협력하고, 국민에 대한 무한섬김을 누가 잘하느냐를 놓고 서로 경쟁하는 분위기가 만들어지기를 바랍니다.

정치政治는 민심民心입니다

나는 과거 한나라당 공천심사위원장으로 깨끗하고 공정한 공천을 했지만, 공직 후보자 추천을 국민에게 돌려드리는 완전국민경선이 더 좋은 제도라고 생각합니다. 완전 국민경선을 하면 쪽지공천, 오더공천을 원천적으로 막고 국민의 뜻이 그대로 반영됩니다. 정치가 선진화될수록 소수에 의한 밀실공천은 사라지고, 보다 많은 유권자에 의한, 보다 공개적인 공천과정으로 발전해 나가는 것입니다.

내가 새누리당 대통령 후보 경선에서 완전국민경선제를 주장하니, 수백만 명이 참여하는 완전국민경선제를 하고 다시 대선을 치르면 국력낭비가 너무 심하지 않느냐는 지적이 나왔습니다. 낭비 요소가 있더라도 민주주의를 위해, 국민의 뜻을 최대한 반영하기 위해서는 어쩔 수 없습니다.

정치 선진국인 미국이나 프랑스에서 50퍼센트 이상 득표를 못 하면 결선 투표까지 하는 것도 이 때문입니다. 또 당내 경선을 중앙선관위가 관리하게 하면, 진보당처럼 경선 조작이나 돈봉투 같은 부정이 없어지고 당내 선거가 깨끗해집니다. 정당 선거가 부정 선거의 백화점이 되고 있는 것은 민주화의 기적을 역행하는 것입니다.

대한민국 정당의 민주화, 깨끗하고 책임있는 정치를 위해 완전국민경선과 당내 선거의 중앙선관위 관리가 필요합니다.

다음 페이지—2003년 12월 29일, 17대 총선 한나라당 국회의원 공천심사위원장으로 임명되어 2004년 3월 15일까지 100여 일, 흔들리는 대한민국을 구해야겠다는 일념으로 공천심사를 했습니다. 공천과정은 당대표 등 그 누구로부터도 독립적인, 철저한 자율적 회의체로 운영했고, 가급적 만장일치 합의가 될 때까지 무수한 토론과 조사를 계속했습니다. 17대 총선 공천에서 당시 한나라당 현역 의원 중 삼분의 일이 탈락했고 대신 84명의 사십대 젊은 인재가 공천을 받았습니다. 밀실의 논의를 광장으로 끌어낸 '개혁공천'이었다고 평가받았습니다.

공천심사위원장 김문수

우리 헌법, 좋습니다

우리 정치인들이 개헌을 자꾸 주장하는 것에 대해서는 별로 바람직하지 않다고 봅니다. 김영삼, 김대중, 노무현 대통령 때도 그렇고, 지금도 개헌 이야기가 계속 나오고 있는데, 개헌이 되려면 국회의원 삼분의 이가 찬성해야 합니다. 그건 보통 어려운 일이 아닙니다.

우리 헌법은 잘돼 있습니다. 5년 단임제라는 건 1987년에 역사적인 여러 배경을 갖고 정해진 겁니다. 4년 중임제 아래 이승만 대통령이 삼선 개헌을 해서 불행해졌습니다. 박정희 대통령은 삼선 개헌도 모자라 유신까지 했습니다. 한국의 4년 중임제는 늘 삼선 개헌을 가져왔고 유신을 가져와 불행한 권력 연장으로 비참한 최후를 맞이하게 했습니다.

이제 4년 중임제를 한다면 정쟁이 극심한 4년이 될 겁니다. 5년 단임도 현재 우리나라의 합의 수준에 비춰 볼 때 현실적으로 큰 문제가 없다고 봅니다. 결국 4년 중임은 한때의 이슈는 되겠으나 성사될 가능성은 낮고 민생을 소홀하게 되는 요소가 될 겁니다. 내각제 개헌은 우리나라에서는 안 됩니다. 국민이 국회를 신뢰하지도 않고, 그동안 대통령과 국회의원을 자기

손으로 직접 뽑는 데 익숙해져 있어서 양보하지 않을 겁니다. 직선제에서 내각제로 바꿔 성공한 사례가 없습니다. 실현가능성 없는 논란에 그치고 말 겁니다.

청와대 수석제를 폐지하고, 대통령이 장관과 직접 업무를 하고, 지방자치를 발전시키고, 제왕적 대통령제를 보다 민주적인 대통령제로 바꾸는 것은 현행 헌법 하에서도 충분히 할 수 있습니다.

정부가 무조건 작아야 한다고 말하는 것은 아닙니다. 필요기능은 강화되는 것이 맞습니다. 경제 부분은 민간에 맡기고 간섭하지 말아야 하고, 사회적 약자를 지원하는 부분은 강화돼야 합니다. 도저히 혼자서는 일어설 수 없는 분들을 도와주는 부분은 확대돼야 합니다.

정치를 위한 정치가 아니라 민생과 국익을 위한 정치를 해야 합니다. 개헌은 비민생 비국익적인 면이 강합니다. 국민과 민생을 위해 개헌하자는 사람은 없습니다. 제헌 국회 이후 아홉 차례 개헌이 있었지만 그 가운데 잘된 것은 1987년 현행헌법뿐입니다. 체육관 선거를 없앤 건 아주 잘한 겁니다. 지금 헌법은 역사적 의미가 있습니다. 총선, 대선 일정이 안 맞아 비효율적인 면도 있지만, 비용만 보고 국익과 민생에 걸림돌이라고 하기는 어렵습니다.

왜 김문수냐고
물으신다면……

서민이 서민을 압니다

나는 서민입니다. 서민들 삶의 형편을 누구보다 잘 이해합니다. 가장이 갑자기 실직하여 생계가 막막하고, 병원 갈 돈 한 푼이 없어 아파도 치료도 못 하고, 학비 때문에 공부를 그만둬야 하는 고통이 무엇인지 압니다. 경기도지사가 된 후에는 위기에 빠진 가정을 구하기 위해 무한돌봄 복지를 시작했습니다.

나는 가난한 집안에서 태어나 어렵게 성장했고, 지금도 재산이라야 부천의 30평 아파트 한 채, 4억3000만 원이 전부인 서민 정치인입니다. 그래서 서민의 형편과 서민의 꿈을 근본적으로 이해한다고 생각합니다.

더 낮은 곳으로 더 뜨겁게

지도자는 겸손하게 자기를 낮추고 국민을 섬겨야 합니다. 지도자가 낮아지고 또 낮아져야 세상을 이롭게 할 수 있습니다.

내가 여당의 무덤이라는 부천 소사에서 3선 국회의원이 될 수 있었던 것은 몸을 낮춰 헌신하며 유권자에게 다가갔기 때문입니다. 2010년 6·2 지방선거에서도 '더 낮은 곳으로, 더 뜨겁게', '24박 25일 민심 투어 유세'로 도민들 곁으로 다가가, 불리한 형세의 선거판을 극복하고 재선에 성공했습니다.

부패즉사 청렴영생

나는 어릴 적 아버지로부터 "멸사봉공 선공후사"의 정신을 배웠고, 공인으로 살며 "청렴영생 부패즉사"의 신념이 몸에 배었습니다.

나는 공직자가 돈을 받으면 죽는 것과 다름없다고 생각합니다. 내 이름에

오명을 남기고 죽고 싶지 않습니다. 지도자가 깨끗해야 나라가 부유해집니다. 지도자가 사익을 채우면 국민은 불행해집니다. 지금까지 그랬듯이 앞으로도, 오로지 정성스레 한결같이 깨끗한 공인의 삶을 살 것입니다.

통합·통일

지금 대한민국은 분열과 갈등으로 흔들리고 있습니다.

노사, 좌우, 동서, 남북으로 갈라진 국민을 하나로 통합하여 통일강국이라는 위대한 기적의 길로 이끌어 갈 지도자가 필요합니다.

민선 4·5기 경기도지사로서 나는 극심한 여소야대 도의회에서 야당의 무상급식 요구에 친환경급식으로 대타협점을 찾아 상생의 정치를 실현했습니다. 열린 마음으로 소통하며 대통합의 정치를 실현할 수 있습니다.

미국은 왜 주지사일까요?

미국은 주지사 출신 대통령이 많습니다. 지자체의 행정 경험을 바탕으로 국가를 경영하는 프로세스가 많이 이뤄지고 있는 겁니다. 레이건, 부시, 클린턴 등 미국 44대 대통령 중 열아홉 명이 주지사 출신입니다.

나는 국회의원도 3선을 해 봤고, 대한민국 최대 지자체인 경기도의 재선 도지사입니다. 국회의원과 도지사가 하는 일이 어떻게 다르냐고 묻는 분들이 많습니다. 곰곰이 생각해 보니, 도지사가 영화감독이라면 국회의원은 영화평론가입니다. 도지사는 백지에서 자기가 계획을 세우고 예산을 투입해서 일을 만들어 갑니다. 국회의원은 정부나 지자체가 일을 잘하고 있는지 견제하는 기능을 주로 하지요.

경기도의 법정사무는 8422가지입니다. 경기도는 서울보다 17배 넓고, 인구는 150만 명 이상 많은 대한민국 최대 지방자치단체입니다. 작은 대한민국입니다. 나는 87킬로미터의 휴전선으로 북한과 맞닿은 국가안보의 최일선인 경기도를 육 년 동안 성공적으로 이끌며 풍부한 국정경험을 쌓았습니다. '무한돌봄'과 '꿈나무안심학교' 등 현장 맞춤형 복지로 국가 복지정책의 모범적인 틀을 만들었고, '365·24 민원실', '찾아가는 도민안방' 등 수요자 중심의 119 현장 행정으로, 행정의 패러다임을 바꿨습니다.

수도권 경쟁력을 높이고 국가녹색교통의 기반이 될 GTX를 입안, 토론과 설득을 통해 관철시켰습니다.

나는 365일 24시간 섬김의 행정, 일단 시작하면 반드시 해내는 추진력으로 1250만 도민의 검증을 받았습니다.

나의 꿈은 대한민국을 통일강국으로 만드는 겁니다

나는 전 세계가 부러워하고 배우고 싶어 하는 대한민국의 성공을 자랑스럽게 생각합니다. 그래서 당당하게 건국 대통령 이승만과 근대화 대통령 박정희의 공과를 평가했습니다. 나의 꿈은 선진 통일강국 대한민국을 만드는 것입니다. 대한민국은 이제 인류 보편의 가치를 실현하며 전 세계를 위해 봉사해야 합니다. 나는 북한 비핵화와 한미동맹을 바탕으로 하는 한반도 긴장 완화, 북한의 개혁·개방을 통한 평화통일이라는 확고한 비전과 이를 실현시킬 수 있는 리더십을 갖추고 있다고 생각합니다.

옆 페이지—2011년 지금도 한강 하구는 온통 철조망으로 가로막혀 출입이 통제되고 있습니다. 통일로 가는 길은 가로막혀 있을 뿐, 가지 못하는 길이 아닙니다.

일류국가가 되는 필수 조건이 리더십의 변화입니다.

무엇보다 깨끗한 정치가 필요합니다. 이를 위해서는 청와대의 권력 분산이 우선입니다. 대통령은 주로 외교 안보 통일 분야에 집중하고 공무에 대한 총괄 조정 이외에는 총리와 장관에게 위임해야 합니다. 대통령은 가급적 정부 청사에 자주 출근해 장관들과 국무회의를 하고, 국회에도 많이 출석하는 것이 좋습니다. 국회의원이 대통령을 견제할 수 있도록, 장관에 임용될 때는 국회의원직을 사퇴하도록 해야 합니다.

지금 세계 43위인 청렴도를 10위 안에 들도록 끌어올리면 0.65퍼센트 경제상승 효과가 있다고 합니다. 내가 대통령이 되면 고위공직자와 대통령 친인척·측근 비리를 전담하는 상설 특검식 수사기관을 설치할 겁니다. 한번 걸리면 공직과 정계에서 영원히 추방되는 원스트라이크아웃제도 도입할 겁니다. 청렴도만큼은 어떤 선진국 못지 않은 나라를 만들 겁니다. 장관을 무력화시키는 수석제는 폐지하고 당·청은 확실하게 분리시킬 겁니다. 2할 자치에서 최소한 3할 지방자치로 올릴 겁니다.

서민들이 노력하면 지금보다 더 잘살 수 있다는 희망을 가질 수 있는 나라, 우리 젊은이들이 세계 어디서든 마음껏 꿈을 펼칠 수 있는 나라, 아이를 많이 낳아 기르고 싶은 나라, 나이가 들어도 외롭지 않은 나라, 국민 모두가 행복하고 부강한 통일강국을 만들고 싶습니다.

우리가 통일이 되면 남북 인구가 7000만이 넘습니다. 열차로, 차로 유럽까지 갈 수 있습니다. 허리 잘린 반도에서 대륙국가로 커집니다.

얼마 전 지리산에 다녀왔습니다. 태백산맥과 태평양의 큰 기운을 느낄 수 있었습니다. 온 세상을 다 품는 어머니의 마음이 느껴졌습니다.

노사, 여야, 빈부, 계층을 통합하는 큰 지도자, 국민의 마음을 위로하는 뜨거운 지도자, 비전을 제시하는 믿음직한 지도자만이 새로운 대한민국을 만들 수 있습니다

다음 페이지—2007년 5월 13일, 안성 미리내성지에서 열린 제2회 미리내환경마라톤에 참석해 5킬로미터 코스를 달렸습니다. 여럿이 함께 달리니 힘들지 않고, 약동하는 에너지를 느낄 수 있어 좋았습니다.

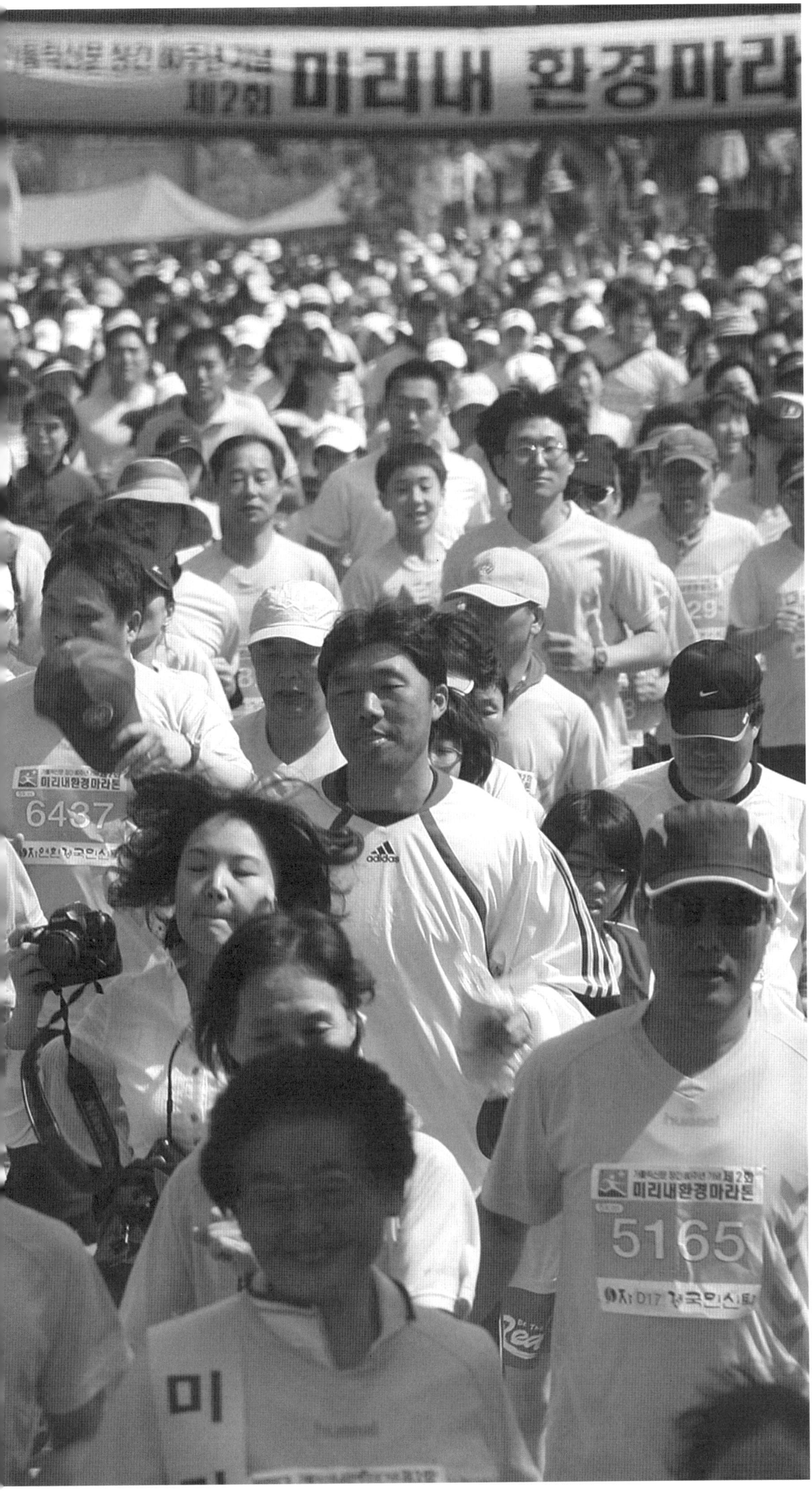
제2회
미리내 환경마라
미리내환경마라톤
6437
미리내환경마라톤
5165

김문수가 걸어온 길

1951 8월 27일, 경상북도 영천에서 부친 김승헌, 모친 조순조의 7남매 중 여섯째로 출생. 영천초등학교, 대구 경북중학교 졸업 후 대구 경북고등학교 입학.

1969 3선 개헌 반대 시위 주도, 무기정학.

1970 경북고등학교 졸업.

서울대학교 상과대학 경영학과 입학.

교내 후진국사회연구회 가입, 선배·친구들과 용두동 판잣집에서 자취생활. 교련반대시위, 반일시위, 5적 비리고발 데모 등 적극 가담.

1971 여름방학 중 구로공단 드레스 미싱공장에 첫 위장취업.

10월, 위수령 발동되고 제적. 강제징집당했으나 대구통합병원 신검 후 징집 면제 판정.

1972 9월까지 고향에서 야학, 4H 클럽 활동.

10월, 대구 보안사에 끌려가 취조당하고, 남산 중앙정보부에서 고문당함.

겨울부터 자동차 정비기술 배우기 시작.

1973 복교 조치로 대학에 돌아갔으나 관념적인 학교 생활에 흥미를 느끼지 못함. 전태일 열사의 어머니 이소선 여사, 청계노조 간부들과 야학을 하며 "내가 가야 할 곳은 노동현장"이라는 확신을 갖게 됨. 이 해 겨울부터 이듬해 개학 무렵까지 그동안 관여했던 민청학련 관련 업무를 후배에게 넘겨주고 주변 정리를 시작함.

1974 4월 3일, 민청학련사건이 터지면서 수배됨. 수배 중 모친 암으로 별세.

1975 봄부터 열관리기능사2급, 원동기취급기능사1급, 전기기기기능사2급, 환경기사2급(수질, 대기), 위험물취급기능사1급·2급, 전기안전기사2급, 제3급 아마추어무선기사(전화급) 등 자격증 취득.

1976 2월, 한일공업주식회사에 보일러 조수로 취업.

1978 5월, 세진전자 노조지부장 설난영을 노조 지부 사무실에서 처음 만남.

6월, 전국금속노동조합 한일공업 노조위원장(~1980. 9).

1979 12월, 설난영에게 청혼했으나 거절당함.

1980 2월, 남영동 치안본부 대공분실로 끌려가 1주일 이상 고문당함.

10월 31일, 한일공업에서 해고당함. 삼청교육대상자로 수배당함.

1981 1월, 계엄 해제.

3월, 봉천동 사거리 부근에 '대학서점'을 엶.

9월 26일, 봉천중앙교회 교육관에서 설난영과 결혼, 봉천사거리 인근의 단칸방에서 신혼살림 시작.

1982 딸 동주 태어남.

1985 직장 다니는 엄마들을 위해 탁아소 사업 시작, 구로공단과 청계피복공장을 비롯해 부평, 대전, 대구, 부산, 마산 등지에 10여 개의 탁아소가 만들어짐.

구로동맹파업 이후 수배당해 집에 들어가지 못하고 숨어서 활동.

1986 5·3 인천 직선제개헌 투쟁으로 김문수를 포함한 서노련 핵심 활동가들 수배령.

5월 6일, 잠실 아파트에서 연행되어 서울구치소, 안양교도소, 목포교도소, 광주교도소로 이감되어

가며 2년 5개월여 복역한 후 개천절 특사로 1988년 10월 3일 출소.

1990 장기표와 합법정당 결성사업에 나섬. 전국노동자정당창당 추진위원장 맡아 민중당 창당 작업 합류. 11월 10일, 민중당 창당. 이우재, 김낙중, 김상기를 공동대표로 선출. 민중당 노동위원장으로 울산 현대자동차, 거제 대우조선 등 대규모 공장에서 민중당 지지자를 만들기 위해 많은 시간을 바침.

1992 총선에서 의석을 하나도 얻지 못하고 민중당 해산. 노동인권회관 소장(1992. 10~1994. 6).

1994 김영삼 대통령의 권유로 민자당 입당. 부천 소사 조직책으로 임명받고 소사구 한신아파트에 정착. 8월, 24년 6개월 만에 대학 졸업.

1995 저서 『아직도 나는 넥타이가 어색하다』 출간.

1996 4월, 15대 총선에 출마한 이후 부천 역사상 최초로 연속 세 번 국회의원에 당선. 이 해부터 2005년까지 10년 중 9년 국정감사 우수의원 선정.

1999 학교급식법을 세 번이나 고치면서 급식예산 확보 노력. 3당 총무회담장에 뛰어들어가 급식 예산 삭 감을 저지한 이후 '김결식 의원'으로 불림. 결식아동돕기 의정활동 공로패 수상. 제15, 16, 17대 국 회의원(한나라당, 경기 부천 소사, 1996. 5~2006. 4). 한나라당 제1사무부총장, 기획위원장, 제17 대 총선 공천심사위원장 등 역임. 국회 민생정치연구회 회장.

2005 마케팅 인사이트 선정 '일 잘하는 국회의원' 1위. 8월 11일, 북한인권법 국회 제출.

2006 국회 출입기자단 선정 '약속 잘 지키는 국회의원' 1위, '일 잘하는 국회의원' 1위. 저서 『나의 길, 나의 꿈』 출간. 5월 31일, 민선 4기 경기도지사 당선.

2007 이 해부터 2009년까지 한국매니페스토실천본부 선정, 민선 4기 광역자치단체장 공약 이행도 평가 1위. 이 해부터 2009년까지 포브스 경영품질대상 공공혁신부문, 리더십 부문 대상 수상.

2008 저서 『나는 자유를 꿈꾼다. 규제감옥 경기도에서』 출간.

2009 대담집 『나는 일류국가에 목마르다』 출간. 1월 13일, 택시운전면허 취득, 1월 27일부터 2012년 6월 16일까지 36회 택시 운행.

2010 6월 2일, 민선 5기 경기도지사 당선. 저서 『어디로 모실까요? 나는 경기도의 택시운전사』 출간. 12월 6일, '2010 서울 석세스 어워드' 광역단체장 부분 수상. 12월 10일, '자랑스런 한국인 대상(한국언론인연합회)' 수상.

2011 6월 7일, 제1회 세계한류대상 공직공로부문 최우수공로대상(한류문화예술신문사) 수상. 한국여성유권자연맹 6 · 2지방선거 매니페스토 실천대상 수상.

김문수는 말한다 · 두번째

어디로 모실까요?

2012년 7월 20일, 초판 1쇄 발행

지은이 김문수

발행인 최훈

발행처 연장통

출판등록 제16-3040호

경기도 파주시 문발동 504-4

전화 070 7699 4950

www.yonjangtong.com

회장 李起雄

편집 조윤형, 김미미

인쇄 · 제책 상지사피앤비

ISBN 978 89 966498 7 8(03810)

값은 뒤표지에 있습니다.